AF273258

DIE KIRGISIN

365 Tage zwischen den Welten

ISBN-13 9783833495939

Alle Rechte vorbehalten

© Patricia Paweletz

Umschlagphoto © M.Patz 2007

Autorenphoto © Matthias Horn

1.Auflage 2007

Herstellung und Verlag:

Books on Demand Gmbh, Norderstedt

Für B.

Sie ist dreiundzwanzig Jahre alt.

Sie ist das vierte von sieben Kindern.

Aufgewachsen auf dem Land. Achtmal sind sie umgezogen.

Zuletzt hat sie in der Hauptstadt, Bischkek, bei dem ältesten Bruder gewohnt.

Sie hat studiert und nebenbei in der Küche des größten Restaurants der Stadt gearbeitet. Der Chefkoch aß nur Reis, nichts anderes. Jeden Vormittag fragte er sie, was sie zu Mittag essen wollte. So aßen alle 120 Angestellten ihr Lieblingsessen.

Im Sommer arbeitete sie in der Küche der Dependance am großen See, Issy-Kul. Eine Schicht dauerte vierundzwanzig Stunden.

Zum Schluss konnte sie kaum noch aufrecht stehen. Danach hatte sie einen Tag frei. Wenn sie nicht im Restaurant arbeitete, half sie der Familie auf dem Hof.

Sie hatte sich entschieden, nach Deutschland zu gehen, als Au-pair- Mädchen, für ein Jahr.

Ich weiß nicht, wie ich gehen soll. Zurück-gehen. Ich will nicht zurück, aber ich muss. Ich muss das Kind zurücklassen, ein Kind, mein Kind, er ist wie mein Kind. Dabei sind es Zwillinge, zwei Jungs, aber bei ihm sagen alle, er ist wie meins. Er hat meine Augen, er ist mir ähnlich, er ist mir nah. Näher als meine Brüder, die ich aufzog. Zwei kleine Brüder, der eine ruhig, wie Lukas, der andere lebendig, wie David, mein David.

Ich habe zu ihr gesagt, geh nach Deutschland, geh, geh, geh, wenn du kannst. Deutschland, das Land unserer Träume. Wenn du rauskommst, geh, sofort, wenn sie dich reinlassen, bleib, lebe, atme. Sie wurde genommen, von dieser Familie mit zwei Kindern, zwei sollten noch kommen, Zwillinge, da wollten sie sie, mein Kind. Geh, geh, Mädchen, werde glücklich, wer das schafft, wer hier rauskommt, wer da reinkommt, kann nur glücklich werden.

Was sollen wir ohne dich machen, hab ich sie gefragt. Wieso verlässt du uns, deine Familie, für eine fremde Familie? Was gehen dich diese Leute an, sie sind so weit weg. Weiter als unsere Träume. Bleib, wir brauchen dich, hilf, bleib, sei da. Da, wo wir sind, sollst du sein, du gehörst zu uns, du gehörst hierher, hier spielt deine Musik, nirgendwo sonst. Wir brauchen dich. Hörst du? Du musst auf mich hören, ich bin dein Bruder, dein großer Bruder, du hast zu hören, was ich sage, du hast auf mich zu hören, Dschamagyl, hörst du, verdammt noch mal!

Dschamagyl - Gyl: Blume, Dschama: Glück, Glücksblume, Blume des Glücks, glückliche Blume?

Den Namen hat mir ein Freund meines Vaters gegeben. Mein Vater gab seiner Tochter, die zwei Wochen jünger ist als ich, den Namen Elena. Ein schöner Name. Schöner als mein Name. Dschamagyl ist altmodisch, Elena ist modern. Aber mein Vater durfte mir nicht meinen Namen geben, das machen andere, Freunde, Nachbarn, andere eben, und so ist es.

Wenn man vom ersten Tag an zwei Mütter hat, zwei Frauen, die da sind, für welche sollte man sich dann entscheiden? Fehlt die eine, wenn die andere nicht da ist? Eine ist immer da. Verschmelzen beide Gesichter zu einem Bild, beide Stimmen zu einem Klang, das Lächeln von zwei Frauen zu einem?

Sie ist groß, die Mutter, doppelt so groß wie ich, groß und kräftig, dunkle Augen, dunkles Haar wie ich. Wenn sie den Wagen schiebt, muss sie sich fast bücken, ich gehe aufrecht, sehr aufrecht, vor meiner Brust den Griff fest in den Händen. Ich schiebe meine zwei Kinder durch die Stadt, an den Fluss. Andauernd muss ich stehen bleiben.

Mein Gott, sind die süß, Junge und Mädchen? - Zwei Jungs, ach, nein, das haben Sie aber toll gemacht, der mit den Locken, ganz die Mama, süß, süß, süß.

Ein alter Mann hat mir auf die Schulter geklopft, zwei Jungs. Wenn bei uns eine Frau einen Jungen bekommt, hat sie ihre Ruhe ... ich habe schon einen, meinen kleinen David. Vom Tag der Geburt an war ich bei ihm. Nahm ihn aus seinem Bettchen, da war er fünf Stunden alt, auf meinen Arm.

Alle waren froh, die Eltern, die Geschwister, so viele Bedürfnisse, Davids habe ich sofort gestillt.

Ich war regelmäßig zu Besuch bei Dschamagyl und ihrer Gastfamilie. Fast jedes Wochenende haben wir uns gesehen. Auf dem Flug Bischkek-Hannover hatten wir uns getroffen. Wir kannten uns flüchtig aus der Uni. Sieben Stunden haben wir überlegt, wie es wohl sein würde, in Deutschland. Wer würde am Flughafen stehen, um uns abzuholen? Wie wird die Familie sein, die Kinder, wie werden sie wohnen, wie wird das neue Leben sein, so schön wie in unseren Träumen, schöner sogar? Es war wie im Rausch, das erste Mal fliegen, und gleich in ein neues Leben. Alles ist besser, die Häuser sind schön und groß, stabil, praktisch, es gibt Maschinen für alles, Wäsche, Geschirr, Kaffee, sogar für die Eier und die Haare an den Beinen. Meine Gastfamilie wohnt auf dem Land, leider. Es gibt Kühe, Hühner, Schafe, Oma und Opa wohnen im Haus, wie in Kirgistan.

Dschamagyl wohnt in der Stadt, in einer großen, riesengroßen Wohnung, sehr schön, modern. Sie hat einen Computer in ihrem Zimmer, groß und weiß und schnell.

Sie kann E-Mails schreiben und lesen, den ganzen Tag, wenn sie nicht arbeitet, und die ganze Nacht. Sie ist gleichzeitig in Deutschland und in Kirgistan.

Gestern hat Lorenz, mein Gastvater, Fotos aus Kirgistan mitgebracht. Ein Vater aus dem Kindergarten der Mädchen hat dort ein Drogenprojekt begleitet, sollte prüfen, ob die Gelder aus dem Westen auch richtig ankommen. Die Opiumfelder wachsen am Ufer des Issy-Kul-Sees, natürlich, keiner kümmert sich darum. Keiner kümmert sich um den Wodka, der zu Hause gebrannt wird, überall. Im Winter, wenn auf dem Land nicht gearbeitet wird, wird getrunken. Mit Gästen wird getrunken, allein wird getrunken. Der Vater aus dem Kindergarten war begeistert von Kirgistan, er hat alle Fotos groß abgezogen, auf Pappen geklebt und in ein dickes Buch geheftet. Meine Gasteltern waren begeistert von den Fotos. Von den Farben, der Perspektive, den Gesichtern und Gestalten. Ich fands grässlich. Grässlich, die Armut wieder-zusehen, den Gestank zu riechen, von den Fabriken, den Tieren, dem Matsch und dem Müll. Und der Gestank von den Autos. Selbst die Autos riechen besser in Deutschland. Unser See, der Issy-Kul, stinkt auch. Er ist riesig, sogar auf der Weltkarte für Kinder, die im Zimmer von Annabelle und Maja hängt, ist er eingezeichnet. Ein kleiner blauer Fleck links neben China. Das Wort Kirgistan ist kaum zu entziffern, der See ist stärker. Viele Touristen kommen nur seinetwegen. Um ihn herum riesige Berge mit schneebedeckten Gipfeln. Viele kommen, um die Berge zu bezwingen, von oben sieht man den blauen Kreis leuchten. Dort riecht man ihn nicht, den Gestank. Einer kanadische Firma, die bei uns das Gold ausgräbt und abtransportiert, sind Chemikalien ausgeflossen. Tausende Tonnen haben sich mit dem Wasser vermengt. Er ist blau geblieben, wir baden, wie immer, jeden Sommer darin.

Wir haben gelernt mit einer Hand zu schwimmen, mit der anderen halten wir uns die Nase zu. Seither kommen nicht mehr so viele Touristen an den See, die großen Hotels stehen leer, auch im Sommer.

Ich wusste, dass man ein Kind, das nicht das eigene ist, stillen kann. Bei uns machen das Frauen, die viele Kinder haben, mit fremden Babys, wenn die Mutter tot ist oder so.

Meist Tanten oder Cousinen oder Frauen aus der Nachbarschaft. Sie stillen ihre Kinder jahrelang, bis das nächste kommt, oder auch mehrere gleichzeitig. Meine Großmutter hatte neunzehn Kinder. Sie hat mehr Milch produziert als unsere Kühe im Stall. Die Milch fließt bei den Frauen zwischen zwanzig und vierzig unablässig, warum nicht auch für ein Kuckuckskind. Aber dass es auch geht, ohne eigene Kinder zu haben ... ich habe Dschamagyl gesagt, sie soll das lassen, es geht zu weit, wenn das die Mutter sieht oder der Vater ...

Er schläft doch bei mir, fast jede Nacht, sie hat schon abgestillt, bei mir geht es gerade richtig los. David ist der Unruhige. Sie will jetzt wieder schlafen. Sie bringt ihn mir, wenn er wach wird. Spät abends, manchmal auch mitten in der Nacht. Den andern nie, der schläft in seinem Bettchen bis zum Morgen. Aber David kommt zu mir, ich warte jede Nacht. Schon als Säugling war er bei mir, stundenlang, weil er so viel schrie. Er war zu viel, ihr zu viel, der Familie zu viel, er schrie und schrie, nur ich konnte ihn beruhigen. Also bekam ich ihn. Ich hielt ihn, wiegte ihn, stundenlang, ließ ihn nuckeln und saugen. Zuerst wollte er nicht, drehte den Kopf weg, bog ihn in den Nacken und brüllte, ich rieb seine Fontanelle, erst sanft, dann fester, dann beruhigte er sich. Irgendwann floss die Milch, ich spürte die Schwellung, er wurde begierig, er war mein Kind!

Sie ist die Managerin unserer Familie. Seit sie weg ist, läuft alles schief. Vater ist wieder ausgezogen, meine Frau verliert fast wieder ein Kind, der zweite Bruder heiratet eine Betrügerin. Und es gibt eine Revolution, eine friedliche zwar, aber das Land ist im Umbruch, nichts ist wie vorher, keiner kennt sich aus. Der Präsident ist geflohen, seine korrupte Familie mit ihm. Wie geht es jetzt weiter, wer soll ein Land regieren, das sich selbst nicht kennt? Die Russen, die Mongolen, haben es besetzt, jetzt ist es frei und schlingert wie ein besoffenes Schiff auf dem Meer, richtungslos, marode, kopflos die Besatzung.

Dschamagyl ist unser Kopf. Seit Vater zu schweigen begann, also eigentlich schon immer.

Vater hat in Moskau studiert. Etwas mit Fischerei. Dann gearbeitet, in einer Kolchose. Meine Mutter hatte schon zwei Jungs, meine Schwester und mich. Sie hat noch studiert, als mein Bruder geboren wurde, der erste. Er kam gleich zu den Großeltern. Großmutter hat ihr Recht eingefordert und ihn behalten. Mutter passte es auch, so konnte sie weiter studieren. Selbst als sie schon Lehrerin war, blieb er dort. Er kam nur selten zu Besuch, aber wir gehörten zusammen, er und ich, von Anfang an.

Noch heute weigert er sich, „Ata" zu sagen, Mama, und „Apa", Papa. Sie wünscht es sich, sie ist ja seine Mutter, aber er weigert sich.

In der Kolchose gab es einen Skandal, Hinterziehung. Mehrere Männer wurden verurteilt, mein Vater zu sieben Jahren, Sibirien. Selbst die Eltern meiner Mutter haben gesagt, such dir einen Neuen, die vielen

Kinder, allein und die Arbeit. Sieben Jahre, das ist zu lang. Aber sie hat gewartet. Als er zurückkam, sprach er nicht mehr. Für mich war er sowieso ein Fremder. Er saß nur noch da. Las Zeitung. Wollte alleine essen. Dann zog er sich zurück in ein Haus am Dorfrand, kam nur noch am Wochenende. Er hatte die Worte vergessen, die ich dann gefunden habe. Bald beantwortete ich jede Frage. Dschamagyl, wer holt das Wasser, Dschamagyl, was essen wir heute, Dschamagyl, wann werden die Kühe gemolken, Dschamagyl, wer schlachtet das Huhn, Dschamagyl was ist mit der Ernte, Dschamagyl, Dschamagyl, Dschamagyl ...

Wenn ich sie nicht gehabt hätte ... ich musste ja in die Schule ... als ich drei Tage in die Stadt fuhr, ließ ich die Kleinen bei ihr. Sie war neun. Kochen, waschen, putzen, ins Bett bringen, ich wusste, das geht. Auf sie ist Verlass. Mehr als auf einen Erwachsenen. Sie ist stark wie ein Ochse und zäh, dreht den Hühnern den Hals um im Nu, zieht die Kälber aus den Kühen, verjagt die wilden, bissigen Köter. Ich war ihre Lehrerin, Mathematik.

Einmal kam ich zum Unterricht, der Klassenraum war leer. Die ganze Schulstunde lang kein Schüler. Sie waren versteckt. Sie hatte ihnen gesagt, zur Stunde meiner Mutter brauchen wir nicht zu gehen. Als ich sie fand, sperrte ich die Tür vom Schullager auf, brachte kein Wort raus vor Wut, alle rein, Tür zu, zweimal umschließen, ging weg, bloß weg hier, sonst weiß ich nicht, was ich tu.

Der Schulwart hat sie rausgelassen, abends, als er ein Pochen hörte. Zusammengekauert saßen sie im Dunkeln, hatten kaum noch Luft. Lass mich nicht im Stich, nicht du, meine starke Blume, nicht du auch noch, hörst du, du nicht.

Dschamagyl hat mir gesagt, heirate sie, sie ist meine Freundin, für dich ist sie eine gute Frau, los, geh schon, es ist Zeit für dich, los. Wir saßen uns gegenüber in einem Café, Dschamagyl neben ihr. Sie war schön, noch zarter als meine Schwester, geschminkt, Seidenstrümpfe, hohe Schuhe, die Augen die ganze Zeit nach unten auf die Füße gerichtet. Wir redeten nicht, aber Dschamagyl redete. Nach dem Café war die Sache klar, einen Monat später war die Hochzeit. Wie sollte ich bloß mit dieser Frau eine Nacht verbringen, ohne ein Wort, ohne einen Blick? Wir gaben fünf Pferde, das ist viel für eine Frau, sehr viel. Doch wir bekamen Ziegen, 25, das war ein ordentliches Geschäft, es hat sich gelohnt. Wir verstehen uns gut, Dschamagyl hat eine gute Wahl getroffen. Aber das erste Kind hat sie verloren, meine Frau. Sie ist so zart. Ganz schmale Hüften.

Jetzt ist sie zum zweiten Mal schwanger und das Blut läuft wieder. Einfach so raus, bei der Arbeit. Deshalb liegt sie jetzt, noch 28 Wochen. Aber diesmal muss es drinbleiben, das Kind. Dschamagyl schreibt, lass sie bloß liegen, die ganze Zeit. Wenn ich komme, ist das Kind da, so wird es sein, bis dahin, Ruhe.

Ich war auf den kanarischen Inseln. Mit meiner Gastfamilie. Drei Wochen. Ein Traum. Meine Familie und Freunde zu Hause konnten es kaum glauben. Für sie wird es ein Traum bleiben. Ich habe ihn erlebt.

Das erste Mal Palmen sehen, Kokosnüsse. Der raue Atlantik. Ein mit Schnee bedeckter Vulkan in der Ferne erinnerte mich an zu Hause. Wir lebten in einer Kommune. Mit biologisch angebautem Essen. Bei uns in Kirgistan gibt es nur biologisch angebautes Essen. Hier zahlen sie viel Geld dafür. Alles deutsche Urlauber. Journalisten, Ärzte, Wissenschaftler, Künstler. Leute mit Geld, die nicht so aussehen. In ausgetretenen Sandalen latschen sie, die Frauen in Sackkleidern, farblos, ohne Kontur. Ich falle auf mit meiner engen Jeans, dem bauchfreien Silbertop über meinem Push-up, gelbgrüne Flip-Flops, und weiße Schirmmütze, auch mit Palmen.

Alle sind nett zu mir, wie eine große Familie. Ein österreichisches Mädchen, das in der Kommune aufgewachsen ist fragt mich, ob es viele Gemeinsamkeiten gibt zwischen Deutschland und Kirgistan. Mir fällt keine ein. Am Tag unserer Abfahrt sage ich ihr, doch, wie heißt es hier: Aussteuer. Das ist alles.

Sie brüllt ins Telefon. So laut, dabei ist sie so weit weg. Sie schreit mich an, was mir einfiele, warum ich nicht aufpassen könnte, sie hätte mich gewarnt, ich sei einfach nicht erwachsen, in einer Lautstärke. Meine kleine Schwester. Bei uns sagen die Jüngeren zu den älteren Sie, auch zu den Geschwistern, Freunden, Eltern. Ich bin zwei Jahre älter und sie sagt Du zu mir, das ist das Schlimmste. Assel war schön. Ihre Augen blickten mich lang und tief an, sie sagte: Bitte. Und ich konnte ihr nichts abschlagen. Bitte heirate mich, dann darfst du mich berühren, bald, sehr bald, morgen, übermorgen. Wir haben Hals über Kopf geheiratet, ein Fest wie im Rausch, eine Woche lang. Schade, dass Dschamagyl nicht dabei war, sie kannte Assel gar nicht, aber ich konnte doch nicht auf meine kleine Schwester warten, ein Jahr lang. Hinterher ist man immer schlauer.

Assel zog in das kleine Haus, mein ältester Bruder hat es uns überlassen, dem jungen Ehepaar. Später würde ich ein großes für meine neue Familie bauen. Später war alles schon zu spät. Nur drei Tage lang konnte ich sie genießen, dann fuhr ich in die Stadt, um Geschäfte zu machen. Ich bin übermorgen zurück, mein Weib, halt mir die Betten warm.

Doch als ich zurückkam, war das Bett nicht warm, nicht kalt, es war weg. Wie alles andere auch. Und wie Assel. Unauffindbar. Zuerst dachte ich, es sei ein Traum, ich musste mit dem Kopf gegen die Hauswand rennen, bis ich merkte, es war wahr. Mit meinen Fäusten riss ich mir büschelweise die Haare aus, das linderte das Brennen innen. Fernseher, Radio, Möbel, Teppiche, Geschirr, Besteck, Bilder, nichts hatte sie übrig gelassen. In der alten Truhe war Dschamagyls Aussteuer gewesen. Jahrelang hatte sie alles für ihren zukünftigen

Haushalt zusammengesammelt. Das war wertvoller als alle Möbel und Geräte zusammen. Dschamagyl das zu beichten war unmöglich. Sie hat es von unserem Bruder erfahren.

Gut, dass sie schreien kann, meine kleine Schwester, so klein wie sie ist, 48 Kilo, von Deutschland herüber, 11.000 Kilometer, gut, dass sie brüllt, was soll ich sagen. Mein Bruder hat Freunde, die waren im Knast. Ihnen habe ich ein Foto von Assel gegeben. Sie ist bildhübsch darauf, lächelt. Wenn sie sie finden, wird ihr das Lachen vergehen. Die Polizei kann man hier vergessen. Es geht mir nicht um die Sachen, die Gegenstände, außer um die Truhe. Meine Frau Assel. Wem hat sie noch gehört? Nie wieder wird sie Bitte sagen. Zu mir nicht und zu keinem anderen.

Kulturschock

<u>Kultur</u> 1) Gesamtheit der geist., künstler. und prakt. Lebensäußerungen einer Menschengruppe als Ausdruck hoher menschlicher Entwicklung, zeitl. und örtl. begrenzt. 2) Bildung, verfeinerte Lebensweise 3) Zucht v. Bakterien, Pflanzen u.a. auf Nährboden 4) Pflege und Bebauung des Bodens 5) junge Bestände von Fortpflanzung

<u>Schock</u> schwerer Gefäßkollaps, ausgelöst durch starken, nervösen Reiz; plötzliche Unterbrechung zahlr. Organismusfunktionen, Erblassen, kalter Schweiß, schneller aber schwacher Puls, traumat. (Verletzung) oder psych. (Nerv. Sch) Oft tritt eine Blutleere im Gehirn(Ohnmacht) auf. Ein schwerer Sch. kann zum Tode führen.

Nur noch 58 Nächte ... die Zeit schmilzt. Abflug: 9. September. Einen Tag nach dem Zwillingsgeburtstag. Wird David mich begleiten, an meiner Hand neben mir gehen, bis zur Schranke? Wir üben lange dafür. Drei Schritte geht er schon. Der andere, Lukas, liegt noch auf dem Bauch wie eine Flunder, aber David geht an meiner Hand, stolz, strahlt mich an mit lachenden Augen. Wer kann diesem Lächeln widerstehen? Ich sehe sein Gesicht vor mir mit zwölf, mit siebzehn, ein schöner junger Mann. Ich werde eifersüchtig sein auf seine Mädchen. Er wird sie so anlächeln wie mich jetzt. Braune Locken, es werden ein paar Zähne mehr sein, jetzt sind es sechs. Er hat schon richtig Biss.

Viel mehr Zähne habe ich auch nicht. Meine Mutter hat mich als Kind allein zum Zahnarzt geschickt. Ich befahl ihm, den Schmerzzahn herauszuziehen, der Bohrer machte mir Angst.

Er tat es widerwillig, hatte einen kräftigen Zug. Ich kann gut die Zähne zusammenbeißen. Und der Schmerz ließ nach, irgendwann. Als meine Mutter das schwarze Loch sah, wollte sie mich von da ab begleiten. Ich ließ sie nicht. Ich habe immerhin noch ein paar Zähne mehr als David. Aber ich lächle mit geschlossenem Mund. Oder hinter vorgehaltener Hand. Oder gar nicht.

Ich habe zu ihr gesagt, Dschamagyl, lass das mit dem Internet, jetzt hat sie den Salat. Keine hat einen eigenen Computer, wie sie. Ein unbenutzter aus dem Büro ihres Gastvaters. Ständig schreibt sie E-Mails nach Hause, sie hat einen permanenten Draht nach Kirgistan. Aber dann kam die Idee mit den anderen Mails. Sie hatte diese Seite entdeckt und konnte nicht mehr zurück. Der Typ, den sie im Internet getroffen hat, kann kein Russisch, also alles auf Deutsch. Ich habe ihr beim Übersetzen geholfen. Viele Wörter kannte ich gar nicht, man kann sie auch nirgends nachschlagen. Unsere Freundin Natascha kennt sich aus. Sie ist schon drei Jahre hier und hat viel Erfahrung. Sie hat uns ein Wörterbuch zusammengestellt. Das hat ihr Spaß gemacht. Wörter, die ich auch zu Hause noch nie benutzt habe. Dschamagyl ist ihm so sehr schnell nahegekommen.

So weit geht es zu Hause nicht mal mit dem Ehemann. Sie war ganz heiß, in einem Sog, es nahm kein Ende, auch nicht als ihr Computer zurück ins Büro musste.

Wir saßen beim Abendessen. Besuch war da. Die Patentante der Zwillinge. Die große Tochter, Annabelle, wollte ihr ein Politpuzzle im Computer zeigen. Dort kann man Mund, Augen, Haare, Kinn und Brust von fünf deutschen Spitzenpolitikern vertauschen, so dass der Wunschkanzler oder die Wunschkanzlerin herauskommt. Ich kenne das Spiel von früher. Als Buch mit geteilten Seiten, man kann die Körperteile der Figuren beliebig mischen. Clownsgesicht, großer Busen, geringelte Kinderbeinchen und hochhackige Schuhe.

Mein Gastvater suchte die Seite. „Dschamagyl, warst du an meinem Laptop?" Ich war schon beim Abwasch. Das Nein war schneller als ich. "Dschamagyl, überleg noch mal, warst du heute an meinem Laptop?" Wieder „Nein", „nicht heute", schob ich nach.

„Dschamagyl", alles war still, alle sahen mich an, „ich sehe dass Du an meinem Computer warst,

heute und ... lass mal sehen ..." Kalter Schweiß tropft aus meinen Achseln, ich kralle mich in den Eisenschwamm und kratze mit aller Kraft den Topfboden sauber. Die Knöchel werden weiß, in meinem Kopf dreht sich alles. Ich höre Stimmen von Ferne, Gemurmel, das Surren des Computers, selbst die Kinder sind still. Ich beende meine Arbeit, gehe ohne mich umzuwenden auf mein Zimmer.

Später klopft es. Ich sage nichts. Sie kommt herein, schwer, stumm, laute Schritte im Dunkel. Macht Licht. Redet. Redet. Schweigt. Scheiße. Das Wort steht auch in Nataschas Wörterbuch, es reicht nicht. Wichse. Fotze. Verfickt noch mal. Klar konnten sie alles sehen. Klar konnten sie alles lesen.

Sie wollten es eigentlich nicht, es ginge sie ja nichts an, aber ich hätte es ihnen ja aufs Tablett gelegt. Scheiß Computertechnik.

Ich schweige, sehe das Popelgrün des billigen Flickenteppichs, sie wollten es mir gemütlich machen. Wenn ich an die bunten handgeknüpften Teppiche meiner Mutter denke, verdient dieser Lappen nicht mal den Namen Teppich. Was sagt man in so einem Fall? „Entschuldigung". Das reicht ihr nicht. Das Vertrauen, das Vertrauen und überhaupt. Also noch mal Entschuldigung, noch mal und noch mal. Jetzt reichts, alte Fotze, hau bloß ab.

Es tut gut diese Wörter zu kennen, ich brauche sie nur zu denken, sie wirken schon. Auch beim Schreiben und Lesen haben sie gewirkt. Geil. Sexman, der eigentlich Frank heißt, versteht sich wunderbar auf diese Sprache. Allein beim Lesen wurde ich unten nass. Ich leckte mir die Lippen, rieb mich und las diese Wörter. Seine Ideen, Phantasien, was ich jetzt wohl mache, wie ich sitze, ohne Höschen, alles offen und feucht, was sein Schwanz macht bei dem Gedanken, wie er ihn nimmt und an meinen Mund denkt dabei, an meine Zähne, wie er ihn wetzt, bis er fast blutet.

Ich habe so viel mit Pimmeln zu tun. Aber es sind kleine Kinderpimmel.

Süß und schon kleine Protze, wenn sie nackt über den Teppich robben, da fühlen sie sich stark mit ihrem Gehänge. David ist da unten kitzelig. Eine ganz feine Stelle. Er lacht, bis ihm die Tränen laufen, wir lieben das Spiel.

Diese Stille. Der stumme Vorwurf. Alles ist anders, jetzt. Das Vertrauen. Welches Vertrauen? Wer kennt mich schon? Und jetzt erst recht. Ich bin in ihrem Privatleben. Das Wertvollste, was sie haben, vertrauen sie mir an ... Sie soll bloß froh sein ... dass es Frank war und nicht Lorenz, ihr Mann. Jede Nacht kommt er von der Arbeit nach Hause. Sie schläft schon vorne, bei den Kindern. Hinten, neben meinem Zimmer, zieht er sich aus, wir teilen das Bad, ich höre alles.

Sie duscht vorne. Er neben mir. Nur eine dünne Wand trennt uns nachts. Als die Babys klein waren, sie noch dick und müde, ständig am Stillen, hörte ich, wie er nachts, als er kam, innehielt. Horchte. Einmal öffnete er vorsichtig meine Tür. Ich blinzelte. Er stand da, nackt, kaum zu sehen im Dunkel. Ich schloss die Augen. Mir schoss es überall durch. Ich hielt die Luft an, hörte seinen Atem, tief und schwer. Dann wandte er sich um, schloss die Tür hinter sich. Kurz darauf schrie David los. Im Flur ging das Licht an, David brüllte wie am Spieß. Nach einer Weile wurde das Brüllen lauter, sie stand vor meiner Tür, ich öffnete und nahm ihn zu mir.

Ich will raus. Auf die Straße. Meine Mutter sagt, bleib, es ist gefährlich. Ich warte, warte, kann nicht mehr warten. Spät abends nehme ich meinen Beutel, öffne die Tür und husche hinters Haus. Kein Licht weit und breit. Ich schleiche zwischen den paar Häusern entlang, eilig, immer an der Wand lang, dann lasse ich den Ort hinter mir, geschützt vom Dunkel. Ich muss eine Fuhre erwischen, die mich mitnimmt, in die Stadt, in ein neues Leben, Bischkek. Irgendwann ein Motorengeräusch. Es wird lauter, Scheinwerfer streifen mich. Ich will mich umwenden, um zu sehen, doch schon heult der Motor laut auf, dann Bremsenquietschen, ich beginne zu rennen, hab längst begriffen, doch die Tür wird aufgerissen, ein starker Arm greift mich, reißt mich hinein ins Loch während der Fahrt, schnapp, ich sitze in der Falle. Kopftuch, auf dem Boden hocken, eingesperrt in einen fremden Raum, drei Tage lang den Blick nach unten (wo soll man sein Geschäft machen?).

Danach die Hochzeit, großes Fest, Essen ohne Pause, Güter werden ausgetauscht, von meiner Familie bekommt jeder einen festen Mantel, so ist es Sitte, wie viele Wintermäntel die schon haben. Wer ist der Mann, mit dem ich jetzt leben muss?

Schweißgebadet erwache ich in der Nacht. Wo bin ich? Der Mann neben mir ist ungefähr siebzig Zentimeter groß und röchelt leise. Mein David. Ich atme auf. Doch so geht es vielen. Ein Brauch noch aus der Nomadenzeit. Das Blut muss sich mischen. So hat mein Vater meine Mutter geangelt. Sie hatte ihn nie zuvor gesehen.

Meine Schwester wurde geschnappt, obwohl sie kurz vor der Hochzeit mit ihrem Freund stand. Da war nichts zu machen. Was geht sie auch dann noch aus dem Haus, die dumme Gans. Wir mochten ihren Freund, hatten uns gefreut auf die Hochzeit. Er kam, um sie zu suchen. Wir sagten es ihm. Er wurde bleich, bebte, dann schrie und brüllte er, dass man es über den Issy-Kul hören konnte. Er blieb bei uns, weinte, wurde krank, flehte sie an, zu ihm zurückzukommen. Zu spät, sie war schon die Frau eines anderen.

Du wirst meine Frau, Dschamagyl, meine Frau. Ich warte schon so lange auf dich. Eigentlich seit wir uns kennen gelernt haben, im Dorf, als wir noch zur Schule gingen. Ich sah deine schwarzen Zöpfe fliegen, du konntest schneller und länger rennen als alle anderen, ich habe dich nie eingeholt. Wenn ich dich kriegen wollte und dich am Feldrand fast am Rockzipfel erwischt habe, schlugst du einen Haken, und warst in den hohen Maisranken verschwunden. Keuchend blieb ich liegen, hörte nur noch fernes Rascheln und schmeckte den schwarzen Schlamm. Nie durften meine Hände unter deinen Rock greifen, in deine Bluse, wenn wir allein im Dunkeln draußen auf der Mauer saßen. Dabei hat es in meinen Fingern gezuckt wie kleine wilde Blitze. Dein schwarzer Blick war stärker. Als du gesagt hast, ich fahre nach Deutschland, für ein Jahr, habe ich mich abgewendet und bin gegangen. Was sollte ich gegen deinen Willen sagen? Ich weiß, dass am 9. September das ganze Dorf am Flughafen war. In der Nacht starteten die Wagen, eine kleine Kolonne schaukelte leuchtend über die Ebene. Ich sah das rote Schlusslicht und wollte dich noch immer sofort. Wie soll man das Brennen im Bauch stillen? Ich liege auf dem Rücken und lasse die Wolken ziehen, irgendwann bringen sie dich zurück. Zu mir. Dann werde ich endlich auf dir liegen, endlich atmen und schreien.

Sie kommt, sie wird tatsächlich zurückkommen. Sie ist ein Kind unserer Erde. In Deutschland hat sie keine Wurzeln geschlagen.

Soll ich traurig sein, dass meine Tochter nicht in die Freiheit geflogen ist, fern von uns? Sie kehrt in ihr vorbestimmtes Schicksal zurück, wie ihre Schwester, wie ich, wie meine Mutter und alle Mütter davor und nach uns.

Dschungals Eltern haben schon alle Schafe verkauft für die Hochzeit. Es soll ein großes Fest werden, er ist der Letzte von zehn Kindern. Sie haben auch schon ein Brautkleid für Dschamagyl, die Mutter hat es nähen lassen. Keiner weiß, ob es ihr passt. Aber der Termin steht fest, 12. September. Gerade mal ausschlafen kann sie, wenn sie zurück ist, dann ab unters Kopftuch. Sie kennen sich ja schon lange, Dschungal ist ein guter Junge. Alle mögen ihn, auch ihre Brüder.

Schnell wird sie Kinder bekommen, meine Tochter. Söhne und Töchter, ich werde mir eins nehmen, dann ist wieder Leben im Haus. Alles soll so sein, wie es bestimmt ist. Am Telefon sagte sie, ich weiß nicht, ob ich ihn liebe, ob wir miteinander reden können. Was sind das für Flausen. Was heißt schon Liebe, und mit welchem Mann kann man schon reden? Sie haben ihr wohl den Kopf gewaschen, in Deutschland, Hauptsache, es ist noch ihr eigener.

Wir stehen am Flughafen, vierzig Mann. An meinen Händen klebt der Schweiß. Die Luft riecht säuerlich, alle haben getrunken gestern Abend, bis zum Umfallen, bis einer sagte, vier Uhr, wir müsse aufbrechen, sie kommt. Dann alle in die Wagen, schlingernd im Dunkel zum Flughafen, auch hier alles dunkel. Fünf Uhr, sechs Uhr, nichts passiert. Kein Flugzeug landet, keine Dschamagyl steigt aus. Die Gesichter werden fahl im grauen Morgenlicht. Dann die Nachricht: Das Flugzeug konnte nicht starten in Hannover, Kerosinmangel. Mist. Dem neuen Präsidenten wurde der Hahn zugedreht, die alten Macher sitzen in Russland und steuern weiter das Geschick dieses erbärmlichen Landes. Scheiße. Scheiße, wie soll ich noch eine Stunde länger warten. Der Druck presst gegen meinen Hals, kein Wodka der Welt spült ihn mir weg.

Ich will sie um die Taille fassen, hochnehmen vor allen, ich bin in drei Tagen ihr Mann. Komm, Weib, komm schon, fall vom Himmel, ich will nicht mehr warten, verdammt noch mal, ich bin dein Mann.

David, jetzt ist der Moment gekommen, vor dem ich solche Angst hatte. Die Koffer und Taschen stehen im Flur, zum Platzen voll, die neuen Klamotten, winzige Babysachen für meine Kinder einmal und über fünfzig Geschenke, alle wollen ein Stück Deutschland. David und Lukas schlafen. Wir müssen los, nach Hannover, die Autobahn ist voller Baustellen, sagt Lorenz. Die Babys schlafen, sagt sie, ihr müsst los. Ich will sie noch einmal sehen, mich verabschieden. Aber lass sie schlafen, Dschamagyl, sonst quaken sie den ganzen Nachmittag. Schnell gleite ich den langen Flur entlang, öffne die Tür, sie quietscht. Lukas streiche ich kurz über den Kopf, „dich bringt nichts aus der Ruhe", dann zu David. Er liegt, wie immer eng ans Gitter gequetscht, auf dem Bauch, den Kopf etwas verrenkt zur Seite und den Po in die Luft gestreckt. Sachte puste ich im ins Haar.

Er hört meinen Wunsch. Mit ihm auf dem Arm gehe ich das Treppenhaus runter, die anderen warten schon am Auto. Er war schon wach, lüge ich, sie stöhnt und verdreht die Augen. Ich gebe ihn ihr, um mich zu verabschieden, der Reihe nach. Dann nehme ich ihn zurück, halte ihn fest, kralle mich in seinen kleinen starken Körper, vergrabe meinen Kopf in seinem Haar. Ich kann dich nicht lassen, wie soll ich dich denn loslassen, du bist doch ein Teil von mir. Sie nimmt ihn mir vorsichtig und bestimmt aus den Armen. Da bricht der Fluss los. Zum ersten Mal verliere ich die Kontrolle, ohne es zu wollen, ich versuche mich zu halten, doch der Fluss reißt mich mit sich. Verschwommen sehe ich Davids waches Gesicht, seine fragenden Augen, der Blick wird mich niemals loslassen. Lorenz führt mich zum Wagen, setzt mich hinein, schnallt mich an.

Es gibt kein Halten mehr, ich wende mich um, sehe nur noch braune Locken in der Ferne auf ihrem Arm. Dann schnürt sich alles zu, und die Zeit hebt sich auf.

Sie kam dann einen Tag später mit Aeroflot. Ihre Gastfamilie hatte ihr ein neues Ticket gekauft, denn sie musste raus aus Deutschland, egal wie. Endlich spuckte der Himmel sie aus. Vierundzwanzig unerträgliche Stunden später.

Da stand sie, meine Tochter, dieselbe und doch nicht. Das schwarze Haar lang über der Schulter, der Blick Dschamagyl und doch nicht. Wer ist sie, wo ist sie gewesen, dass ich mein Kind nicht wiedererkenne, obwohl sie die alte ist.

Ich bin eine Woche vor ihr geflogen. Zum Geburtstag meiner Mutter. Schade, dass wir nicht wie auf dem Hinflug über alles sprechen konnten. In 358 Tagen Deutschland ist sie für mich der wichtigste Mensch geworden. Ich weiß nicht, wie sie den Abschied geschafft hat, aber wird sie die Ankunft schaffen?

Ich stehe da, habe wieder Boden unter den Füßen, die Masse der breiten Gesichter verschwimmt zu einem riesigen Teig. Augen blitzen, Münder lachen mit faulen oder schwarzen Zähnen hier und da. Mir wird übel. Die Uhr dreht sich zurück, vor einem Jahr standen wir hier genauso, meine Augen schwammen wie jetzt, ich erbebe und breche in hohem Strahl eine Ausgeburt auf den schmutzigen Fußboden, verliere den Halt und sinke.

Als ich die Augen öffne, sehe ich schwarze Augen ganz nah, David? Wo bin ich? Bist du wieder bei mir? Meine Brüste spannen, ein dünnes Rinnsal getrockneter süßer Milch klebt an meinem T-Shirt. Das Gemisch aus alten Gerüchen lässt mich wieder würgen. Was ist noch auszuspeien?

Dschamagyl, Dschamagyl endlich, da bist du, siehst du mich, ich bins,

dein Mann. Ihre leeren Augen blicken durch mich hindurch, ein Blitz

durchfährt mich, aber anders diesmal. Sie würgt, wie ein altes Handtuch,

das schon tausendmal gewrungen wurde, kein Tropfen mehr drin.

Sie versucht sich aufzurichten, zu halten an meinem Arm. Sieht mich plötzlich ruhig an und klar. Nein, sagt sie.

Was „Nein" fragt er, was soll das heißen, nein? Ich sage es noch mal. Nein. Du bist nicht mein Mann. Und du wirst es niemals sein. Es ist raus. Die Luft ist raus. Vakuum, ich lasse mich fallen. Jetzt bin ich da. Wieder da. Da bin ich, Dschamagyl. Zu Hause.

Eine Woche nachdem sie zurückgekehrt war, starb Dschamagyls Vater. Er hatte aus Sibirien einen Organschaden davongetragen, von dem keiner wusste, er selbst vielleicht. Drei Tage später fiel seine Frau ins Koma. Der Schock hatte sie schon einmal dahin gebracht, vor Sorge um ihren dritten Sohn. Damals sagten die Ärzte, einen neuen Schock überlebt sie nicht, schonen Sie sie. Dschamagyl saß vier Tage und Nächte lang an ihrem Bett. Dann starb auch ihre Mutter.